Vente des Lundi 11 et Mardi 12 Décemb
HOTEL DROUOT, SALLE N° 3.

TRÈS BEAUX

MEUBLES ANCIENS

BOIS SCULPTÉS

MODÈLES ANCIENS POUR MEUBLES

TAPISSERIES

ayant figuré

A L'EXPOSITION DES ARTS DÉCORATIFS

ET COMPOSANT

La Collection de M. PECQUEREAU

EXPOSITION PUBLIQUE

LE DIMANCHE 10 DÉCEMBRE 1882

De une heure à cinq heures.

COMMISSAIRE-PRISEUR

Me PAUL CHEVALLIER, Succ^r de M^e CH. PILLET

10, rue de la Grange-Batelière

M. CH. MANNHEIM, EXPERT, 7, rue St-Georges.

CATALOGUE

DE

TRÈS BEAUX

MEUBLES ANCIENS

Armoires — Consoles — Commodes — Sièges, etc.
Louis XIII, Louis XIV, Louis XV et Louis XVI;

PRÉCIEUSE COLLECTION DE BOIS SCUPLTÉS

Modèles anciens pour l'ameublement dans tous les styles ;

TAPISSERIES ANCIENNES

LE TOUT AYANT FIGURÉ A L'EXPOSITION DES ARTS DÉCORATIFS

ET COMPOSANT

La Collection de M. PECQUEREAU

DONT LA VENTE AURA LIEU

HOTEL DROUOT, SALLE N° 3

Les Lundi 11 et Mardi 12 Décembre 1882, à 2 heures

———————

COMMISSAIRE-PRISEUR

Mᵉ PAUL CHEVALLIER, Succʳ de Mᵉ CH. PILLET
10, rue de la Grange-Batelière ;

M. CH. MANNHEIM, Expert, 7, rue St-Georges,

Chez lesquels se trouve le présent Catalogue.

———————

EXPOSITION PUBLIQUE: Le Dimanche 10 Décembre 1882

De 1 heure à 5 heures.

CONDITIONS DE LA VENTE

Elle sera faite au comptant.

Les adjudicataires payeront *cinq pour cent* en sus des enchères.

L'exposition mettant le public à même de se rendre compte de l'état des objets, il ne sera admis aucune réclamation une fois l'adjudication prononcée.

Paris. — Typ. Pillet et Dumoulin, 5, rue des Grands-Augustins.

DÉSIGNATION DES OBJETS

—·—·—·—·—→ › › › ✕ ‹ ‹ ‹ ←·—·—·—·—

ARMOIRES

1 — Belle armoire Louis XIV fermant à deux portes
en bois de chêne sculpté, à moulures ornées et
panneaux à motifs d'ornements feuillagés sur les
portes, vitrées en partie.

2 — Grande armoire vitrée du temps de Louis XIV
à angles arrondis à chutes et motifs d'ornements
en chêne sculpté.

3 — Armoire à deux portes pleines et à fronton en
chêne sculpté à rosaces, coquilles et feuillages.

4. — Armoire Louis XIV à portes pleines et à fronton cintré en chêne sculpté, à moulures garnies
d'ornements et à deux médaillons ovales sur les
portes.

5 — Armoire Louis XV à fronton rocaille en bois de chêne sculpté, à moulures contournées et à guirlandes de fleurs.

6 — Grand buffet Louis XIV à deux corps, à fronton cintré et angles arrondis, en bois de chêne sculpté à moulures et divers motifs d'ornements à médaillons entrelacés, coquilles et rosaces dans le goût de Bérain.

7 — Régulateur Louis XIV en bois de chêne sculpté à ornements fleuronnés.

8 — Bois de lit Louis XV de forme contournée, sculpté, à feuilles d'acanthe et bouquets de fleurs.

9 — Bois de couchette Louis XV.

10 — Deux couchettes Louis XVI, en bois peint dont une sculptée à rubans.

CONSOLES — GLACES

11 — Très belle console Louis XIV en chêne sculpté à motifs de mascarons, fleurs et coquilles dans le goût de Bérain ; dessus en marbre veiné.

Cette pièce est accompagnée d'un trumeau de glace de même époque et de même style, avec lequel elle forme un ensemble remarquable.

12 — Très belle console d'applique du temps de Louis XVI, en bois finement sculpté et doré; les montants à volutes sont ornés de feuilles d'acanthe et reliés par un entre-jambes supportant un vase à guirlandes de fleurs; le bandeau est décoré d'une frise de rinceaux.; les deux pieds sont formés de griffes de lion.

13 — Petite console d'applique du temps de Louis XIV en bois de chêne sculpté et ajouré, les pieds à volutes contournées sont reliés par un motif de coquilles et feuillages.

14 — Petite console d'applique du temps de la régence, d'un modèle presque analogue à la précédente, en chêne finement sculpté.

Dessus de brèche d'Alep.

15 — Belle console Louis XVI en bois sculpté et doré; elle repose sur quatre pieds, de forme élégante, dont deux à volutes sont formés par des feuilles d'acanthe et reliés par des entre-jambes; le bandeau est à cartouches et à moulures à oves; dessus de marbre blanc.

16 — Console Louis XIV, de forme carrée à quatre
pieds, à entre-jambes en X, en chêne sculpté, à
motif d'entrelacs et godrons.

17 — Jolie petite console d'applique du temps de
Louis XV, en bois finement sculpté et ajouré
composée d'ornements rocaille, entremêlés de guirlandes de fleurs.

18 — Grande console d'applique du temps de Louis XV,
en chêne sculpté; les deux pieds sont ornés de
volutes retenant des branches de feuillages et sont
réliés par un motif à groupe de fruits et fleurs;
dessus de marbre brèche.

19 — Petite console d'applique Régence en bois de
chêne sculpté, composée de motifs rocailles,
fleurs et feuillages.

20 — Console Louis XIV, de forme carrée à quatre
pieds, reliés par un bel entre-jambes, forme d'X,
en chêne sculpté, avec motif découpé à jour formant
lambrequins.

21 — Belle console du temps de la Régence, à quatre
pieds contournés, composés d'ornements à mascarons et reliés par un entre-jambes en bois de
chêne sculpté à jour.

22 — Console Louis XVI, de forme arrondie à quatre
pieds droits cannelés; dessus de marbre.

23 — Petite console Louis XV, de forme contournée en bois sculpté et doré, à ornements et guirlandes de lauriers.

24 — Petite console d'applique du temps de Louis XVI, en bois sculpté, à bandeau formé d'une frise de rosaces et à deux montants cannelés à volutes terminés par des griffes de lions et reliés par un entre-jambes ; dessus de marbre veiné.

25 — Petite console d'applique du temps de la Régence, à deux pieds légèrement contournés en bois sculpté à jour et doré, à ornements feuillages et fleurs.

26 — Cheminée Louis XV, en bois de noyer à moulures contournées et à motifs sculptés.

Elle est accompagné d'un trumeau cintré en chêne sculpté à motifs d'ornements avec mascaron à la partie supérieure.

27 — Petite console Louis XV, en bois sculpté à feuillages et de forme contournée.

28 — Petit support applique de pendule en marqueterie de cuivre sur écaille, orné de bronze ; époque Louis XV.

29 — Autre support applique en marqueterie de cuivre sur écaille rouge.

3o — Deux appliques à trois lumières en bois finement sculpté et doré, de l'époque Louis XVI.

3r — Petite console de suspension Louis XIV, en bois
sculpté et doré, avec coquille au centre.

32 — Autre petite console de suspension en bois
sculpté à jour et doré, de l'époque Louis XIV,
à deux têtes de chérubins.

33 — Très jolie petite console de suspension
Louis XIV, en bois finement sculpté à jour et doré
ornés de têtes de coqs.

34 — Petite console de suspension de style Louis XIV
en bois sculpté et doré à feuillages et godrons avec
tête de satyre au centre.

35 — Petite glace en hauteur avec encadrement
Louis XV, en bois sculpté et ajouré à ornements
enrubannés.

36 — Miroir Louis XV à encadrement rocaille en bois
sculpté et doré, garni de deux porte-lumières.

37 — Beau trumeau de glace en chêne sculpté du
temps de Louis XIV, à ornements Bérain.

38 — Petite console de suspension Louis XIV, en bois
finement sculpté à volutes et feuillages et repercé
à jour et doré ; dessus de marbre.

3g — Console de suspension Louis XV, en bois
sculpté et doré.

40 — Deux consoles de suspension en bois sculpté de
style Louis XIV, ornées de mascarons.

41 — Grand cadre Louis XIV en bois sculpté et doré,
contenant une glace.

COMMODES

42 — Commode Louis XIV, à face légèrement cintrée
à quatre rangs de tiroirs en placage de bois de palissandre, ornée de poignées en bronze doré et
de cannelures de cuivre; dessus de marbre.

43 — Commode de même forme que celle qui précède
en placage de palissandre avec poignées et ornements de bronze doré, le dessus garni d'un quart
de rond en cuivre.

44 — Commode Louis XV de forme contournée et
renflée, en placage de bois de rose, ornée de
chutes, de poignées et de divers motifs en bronze;
dessus de marbre.

45 — Buffet Louis XIV en forme de commode à quatre
pieds élevés à contours, en bois de noyer, à mou-

lures et sculpté. Il ouvre à deux portes et à un dessus de marbre.

46 — Petite commode Louis XVI, à angles cannelés, et à trois rangs de tiroirs, en acajou, garnie de moulures et d'anneaux en bronze ; dessus de marbre blanc.

47 — Petite commode Louis XV de forme contournée en bois peint à décor rocaille.

SIÈGES

48 — Bois de fauteuil Louis XIII, dont les bras se terminent en volutes sculptées avec pieds et entre-jambes tournés.

49 — Bois de fauteuil Louis XIV, sculpté à ornements sur les pieds et le dossier.

50 — Fauteuil Louis XIV en bois sculpté, garni de tapisserie.

51 — Quatre bois de chaises Louis XIII, de différents modèles.

52 — Bois de fauteuil Louis XIV sculpté, dont les bras se terminent en volutes ; les pieds sont reliés par un entre-jambes.

53-55 — Trois bois de fauteuils Louis XIV, sculptés à ornements et variés de formes, l'un est garni d'un entre-jambes à X.

56-60 — Six fauteuils Louis XIV, en bois sculpté et foncés de canne, de formes et d'ornements variés.

61 — Trois fauteuils Louis XV, à contours, en bois sculpté, motifs rocaille et garnis de toile.

62 — Deux fauteuils Louis XV en bois sculpté et garnis de tapisserie à fleurs.

63 — Petit fauteuil Louis XV, à contours en bois sculpté à fleurs, garni de tapisserie à bouquets de fleurs sur fond blanc.

64-65 — Deux bois de fauteuils Louis XIV, sculptés et dorés, légèrement variés de forme.

66-67 — Deux bois de fauteuils Louis XIV, dossiers carrés et forme contournée, à nervures et feuillages.

68 — Bois de bergère Louis XV, à nervures à ressauts et fleurettes sculptées.

69-70 — Deux bois de fauteuils Louis XIV et Louis XV, sculptés à marguerites.

71 — Bois de fauteuil Louis XVI, à dossier carré, sculpté et doré, bras et balustres.

72 — Bois de fauteuil Louis XVI sculpté et doré, dossier ovale; entouré d'un ruban et bras ornés de piastres.

73 — Bois de fauteuil Louis XVI sculpté et doré. dossier droit cintré en haut, à rubans et feuilles d'acanthe.

74-76 — Trois bois de fauteuils Louis XVI sculptés, dossiers ovales, l'un à enroulements et feuilles d'acanthe et de lauriers.

77 — Bois de fauteuil Louis XVI sculpté, dossier en forme d'écu, à ruban et piastres.

78-80 — Trois bois de fauteuils Louis XVI de différents modèles, dossiers droits à consoles et pilastres sculptés à rubans, feuilles d'acanthe et dorés dont un laqué blanc et bleu.

81-82 — Deux autres bois de fauteuils Louis XVI, sculptés et laqués.

83-85 — Trois bois de chaises Louis XIV et Louis XV, sculptés, une en noir et or.

86 — Un bois de chaise Louis XVI, sculpté à perles et oves et laqué.

87 — Bois de chaise Louis XVI en acajou, dossier droit à arcs et carquois, pieds et dossier cannelés.

88 — Chaise Louis XV, garnie de maroquin rouge.

89 — Chaise Louis XIV, à entre-jambes, et fauteuil simple Louis XV en bois uni.

90-91 — Deux petits fauteuils d'enfant, l'un Louis XIV et l'autre Louis XVI.

92 — Joli bois de fauteuil Louis XVI à dossier ovale, orné de lauriers, de rubans et d'un vase de fleurs, les bras à feuilles d'acanthe et pieds cannelés.

MEUBLES DIVERS

93 — Écran du temps de Louis XIV, en bois de noyer sculpté à volutes et coquilles et découpé à jour, avec feuille en tapisserie à fleurs et oiseaux entourant une figure de danseur au centre.

94 — Écran Louis XV, en bois sculpté, à pieds contournés.

95 — Un coffre ou huche en bois de chêne à moulures, xviie siècle.

96 — Petite table Louis XIII, carrée, en noyer, à pieds
tournés, reliés par un entre-jambes en X.

97 — Métier à broder du temps de Louis XIV.

98 — Belle pendule Louis XIV, plaquée d'écaille et
marquetée de cuivre à filets et ornements. Les
quatre pieds arrondis sont garnis de volutes et de
feuilles d'acanthe. Les angles coupés sont ornés de
cariatides et surmontés de vases, et le dôme sup-
porte une sphère, sur un trophée d'ornements, en
bronze doré ; une applique en cuivre placée au
dessous du cadran présente le sujet de Diane et
Apollon, et contient un cartouche émaillé, avec le
nom de *Godron, à Paris.*

99 — Petite étagère de suspension à balustres tournés,
époque Louis XIII.

100 — Coffre en chêne, orné sur la face de trois panneaux gothiques sculptés à ogives avec blasons
aux armes de France.

101 — Petit bureau Louis XVI, à cylindre en bois
d'acajou à pieds cannelés.

BOIS SCULPTÉS

102 — Deux panneaux Louis XIV, en chêne finement sculpté, à encadrement d'entrelacs et coquille.

103-104 — Cinq chapiteaux de pilastres, de différents
ordres, en bois sculpté, du temps de Louis XIV.

105-106 — Deux motifs pour culs-de-lampe, en bois
sculpté, du temps de Louis XIV et de Louis XV.

107 — Quatre pieds de table Louis XIV, en bois
sculpté, à mascarons, fleurs et pieds de bouc.

108 — Deux pieds de console Louis XVI.

109 — Six balustres à chapiteaux sculptés Louis XIV,
à cannelures et feuillages.

110 — Trois colonnettes à cannelures et feuillages.

111 — Panneau en chêne sculpté en bas-relief, à jeux
d'enfants bacchants.

112 — Beau fronton de glace Louis XIV, en bois
sculpté et doré, à fleurs, ramages et entrelacs.

113 — Panneau Louis XIV, sculpté à jour composé d'ornements feuillagés et de volutes figurant une fleur de lis au centre.

114 — Deux petits panneaux à rosaces et deux fragments de consoles en bois sculpté, époque Louis XIV.

115 — Deux statuettes de femmes drapées et figure d'amour, en bois sculpté, xviie siècle.

116 — Figure d'enfant, génie ailé, en bois peint et doré servant d'applique.

117-122 — Vingt-quatre petits panneaux ou frises gothiques, en bois sculpté à ogive et nervures, plusieurs avec blasons fleurdelisés.

123 — Deux pilastres à têtes de lion et six colonnettes en bois sculpté des xve et xvie siècles.

124-125 — Un lot de moulures et de frises en bois sculpté des xvie et xviie siècles.

126-129 — Dix-neuf pièces balustres pour pieds de meubles et rampes d'escalier des époques Louis XIII et Louis XIV.

130 — Deux montants de meubles en bois sculpté à branches de lauriers.

131 — Un autre de forme cintrée, à ornements
Louis XIV.

132 à 139 — Environ trente-cinq pièces, panneaux,
frises, tiroirs et fragments de meubles en bois
sculpté du xvi⁰ siècle et de l'époque Louis XIII ;
documents pour meubles.

140 à 147 — Environ trente-cinq pièces, colonnettes
torses, montants et pieds de tables, mufle de lion,
têtes de chérubins et fragments de l'époque
Louis XIII ; documents pour meubles.

148 — Panneau rectangulaire provenant d'une boise-
serie du temps de Louis XIV en bois sculpté à ornements Bérain.

149 à 153 — Douze pièces panneaux et fragments
en bois sculpté du temps de Louis XIV.

154 à 156 — Quinze pièces : montants, frises et fragments en bois sculpté des époques Louis XV et
Louis XVI ; documents.

157 — Deux frontons Louis XIV en bois sculpté à cartouche et ornements.

158 — Deux petites chutes Louis XVI à volutes en
bois finement sculpté, et deux autres chutes en
bois sculpté à fleurs.

CADRES

159 — Cadre cintré du haut en bois sculpté du temps de Louis XIV.

160 — Joli cadre Louis XV en bois sculpté et doré.

161 — Deux cadres Louis XIII en bois sculpté et doré, de même modèle.

162 — Cadre Louis XIV bois sculpté peint en blanc,

163 — Deux petits cadres rectangulaires Louis XIV, bois sculpté et doré.

164 — Deux autres petits cadres Louis XIV finement sculptés, non dorés.

165 — Grand cadre Louis XIII en bois sculpté à feuilles et graines de lauriers.

166 à 168 — Trois cadres Louis XIV de différents décors finement sculptés, plus un cadre ovale de même époque.

169 — Cinq petits cadres sculptés et dorés de différentes formes.

170 — Miroir dans un cadre italien sculpté à ramages et doré.

OBJETS DIVERS

171 — Gaine en ancienne faïence blanche du temps de Louis XVI à volutes, guirlandes, carquois et têtes de boucs ; dessus de marbre.

172 — Buste de Diane en marbre blanc sur piédouche en marbre veiné de rouge. XVIIe siècle.

173 — Lampe de suspension en cuivre repoussé et argenté de l'époque Louis XIII.

174 — Panneau de meuble en vernis de Martin, représentant des singes et des oiseaux.

175 — Petit cabinet Louis XIII en bois d'ébène à pilastres aux angles.

176 — Petit coffret Louis XIV en bois vernis vert à fleurs dorées.

177 — Fragment de grille d'escalier en fer forgé. XVIIIe siècle.

TAPISSERIES

178 -- Beau panneau rectangulaire de l'époque Louis XIII, en tapisserie finement exécutée, représentant l'entrevue d'Eliézer et de Rebecca, dans un joli paysage à fond de montagnes; bordure étroite à enroulements de feuillages sur fond rose. Elle est entourée d'un encadrement Louis XIII en bois sculpté à feuilles de lauriers.

179 — Belle tapisserie flamande de l'époque Louis XIII, représentant un sujet de chasse, à petites figures et cavaliers, dans un paysage de verdure, avec château et parterre dans le fond; bordure de fleurs. Belle conservation.

180 — Grande tapisserie, représentant un paysage avec grands arbres et cours d'eau, animé de paons, de cigognes, et d'un sujet de chasse au sanglier; bordure de rameaux et feuillages.

181 — Petite tapisserie verdure à paysage, avec bordure de fleurs.

182 — Panneau de forme ronde en tapisserie au petit point, du temps de Louis XIII, offrant au centre un vase de fleurs, sur fond jaune, entouré de ramages.

183 — Panneau rectangulaire en tapisserie au point du temps Louis XIII, à larges fleurs et ramages.

184 — Belle feuille d'écran en tapisserie au point du temps de Louis XIV, représentant deux dames de cour et des ramages.

185 — Feuille d'écran en tapisserie au point du temps de Louis XIV, représentant le sujet du Loup et des Brebis.

186 — Trois autres feuilles d'écran en tapisserie au point du temps de Louis XIV, à ornements variés.

187 — Longue bande de tapisserie au point à fleurs et fruits époque Louis XVI et une autre à fleurs rouges sur fond noir.

188 — Garniture de siège en tapisserie au point en quadrillages et fleurs.

189 — Un coussin en tapisserie au point à fleurs.

190 — Deux bandes du xvie siècle en velours rouge, appliqué d'ornements à cartouches et entrelacs, exécutés en soie jaune rehaussée de lisérés d'or.

191 — Quatre carrés pour coussins en ancienne broderie de soie persane, de dessins variés.

192 — Tapis en toile brodée au plumetis. Fleurs et ornements.

193 — Deux morceaux de soie ancienne, brodée à fleurs.

194 — Tapis de table en étoffe à fond vert, brodée au plumetis à bouquets de fleurs en soie de couleurs.

195 — Petit panneau Louis XVI en satin blanc, broché à médaillon et guirlandes de fleurs en soie de couleurs.

196 — Tapis de calice en ancien satin brodé et soutaché d'ornements en soie.

197 — Bande de soie mauve brodée à fleurs et enroulements.